AF595185

JACQUES DE BOISJOSLIN

REMARQUES ET PENSÉES

PAR

M. E. MARBEAU

Extrait de la *Revue des Études Historiques* 1893.

PARIS
ERNEST THORIN, ÉDITEUR
LIBRAIRE DES ÉCOLES FRANÇAISES D'ATHÈNES ET DE ROME
DU COLLÈGE DE FRANCE ET DE L'ÉCOLE NORMALE SUPÉRIEURE
7, RUE DE MÉDICIS, 7.

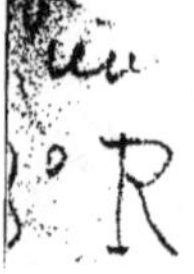

REMARQUES ET PENSÉES

Par M. E. MARBEAU

Un volume in-32. Paris. Léopold Cerf, 1893.

Un livre de pensées est nécessairement un livre de morale. Dans les sciences du nombre et de l'étendue, des observations absolues s'appellent des axiomes ; dans les sciences du mouvement, de la vie et de la société, des lois. Mais la morale qui n'est pas sociale, qui reste individuelle, s'exprime seule par ces pensées détachées, qu'on a nommées maximes, préceptes, apophthegmes, aphorismes ou parénèses, solennelles proclamations qui, sous les formes de l'assurance, sont des formes du doute. Art dangereux, qui comble les lacunes de l'observation par de l'esprit.

L'idée qu'on se fait d'un livre de pensées est prévue, et bien peu de ces ouvrages y échappent. On se représente l'auteur homme ou femme du monde, alors regardant la vie au point de vue des vertus aimables et honorables. Des relations de famille et de monde suffisent à ceux qui ont leur place faite ; la construction de la société préoccupe davantage ceux qui n'y ont pas encore de rang. On dirait les auteurs de Pensées arrêtés au développement que la civilisation avait atteinte au XVIIe siècle, et tout le travail des sciences sociales accumulé depuis les encyclopédistes non avenu pour eux. On s'attend à saluer des figures connues, l'Amitié et l'Amour, l'Ambition et l'Avarice, et l'Honneur qui diffère de la Conscience, et le Pardon qui n'est pas l'Oubli, et tant d'autres représentants de cœur humain qui sortent comme d'une urne, avec un nombre de voix proportionnées à leur mérite. On n'est pas en peine du style, on sait qu'il sera simple et sobre, subtil et délicat, dépouillé de passion : parler sans accent est la loi de la littérature comme du monde, a dit Schopenhauer, qui pourtant ne s'est pas privé d'expressions fortes. On se doute que l'auteur voit les hommes assez mauvais, et que lui-même est très bon, qu'il a une théorie sévère et une pratique indulgente. Et quand on s'est fait du livre et de l'auteur, cette idée, on admire doucement l'auteur, et on ne lit pas le livre ; on pense qu'on l'écrirait aussi bien soi-même. Voilà pourquoi, après les grands misanthropes qui ont frappé, dans des monuments classiques, les maximes d'airain, le genre était tombé en discrédit, et voilà contre quelles préventions ont eu à lutter les brillants esprits qui, depuis quelques années, ont relevé en France la littérature des Pensées.

Le vrai titre de ces Remarques et Pensées serait peut-être *De Soi et d'Autrui*. Les quatorze parties dans lesquelles elles sont groupées pourraient s'intituler :

La bonté, les affections, la volonté, la conscience, la croyance en Dieu, l'éducation, les relations et l'originalité, les différences d'âge, d'esprit et de position, le moi ou l'égotisme, le moi ou l'égoïsme, le moi dans les idées, les prétentions, la conscience, l'égoïsme et le désintéressement.

Peu d'ouvrages, construits par titres et par chapitres, et constitués par des suites de raisonnements, sont mieux composés que ce livre de pensées détachées. L'esprit d'ensemble a donné l'art d'ensemble. Nous aurions même préféré, tant l'ouvrage est méthodique, que les pensées ne fussent pas séparées typographiquement, qu'elles se suivissent comme les phrases d'un discours continu, donnant ainsi l'aspect ordinaire d'un livre de doctrine. Leur cohérence eût emporté conviction. La transition est inutile quand la progression est aussi évidente.

Voltaire dit de la littérature des Maximes : « Ce n'est pas un livre, mais des matériaux pour orner un livre. » Au contraire, il nous semble que tout livre devrait se composer par pensées, chacune pouvant être lue isolément sans attache de grammaire entre elles, la valeur du tout résultant de la place de chacune, comme les chiffres dans un nombre. L'ordre des idées dédaigne la liaison des mots.

Sans doute l'art de les classer est difficile, mais ce n'est pas autrement que les premiers philosophes condensaient dans quelques centaines de vers les imposants systèmes, où ces poètes, ces métaphysiciens, ces savants parlaient aux peuples antiques, de l'Univers, et, dans un supplément, de l'Homme.

Voici la théorie générale que nous croyons pouvoir donner de l'ouvrage :

Il existe deux forces, opposées dans leurs effets, mais semblables dans leur méthode : l'Égoïsme et la Sympathie. Chacun agit sous l'empire de soi ; il se plaint d'autrui, sans s'apercevoir qu'autrui et soi sont de même nature, et que c'est pour cela qu'ils se disputent les mêmes choses, quand ils ne sont pas assez éclairés pour se les partager, ou pour y renoncer. Et ce qui se vérifie par la lutte se vérifie aussi par l'accord dans les affections. Aux deux ennemis comme aux deux amis, ont peut dire : L'autre c'est toi. Lui et toi, vous êtes l'Univers même, qui prend conscience de soi à des degrés divers que séparent les moments et les espaces, mais non l'Essence. C'est ce que dit la vieille sentence des sages de l'Inde : Tout cela c'est toi. Mais les sages de l'Inde ne parlaient pas d'un Être suprême, sinon comme d'un inconnaissable Absolu d'où sortent les existences réelles, qui sont des rêves. Le moraliste de l'Occident se fait de l'Absolu une idée humaine, tellement humaine qu'il lui faut bien reconnaître la marque de l'homme dans ses créations surnaturelles, et qu'il juge de l'homme d'après son Dieu. Si l'auteur de ces Pensées essaye de se représenter l'universelle expansion dont toute contradiction n'est que la limite, c'est la Bonté qui serait l'attribut principal de l'Être, ou plutôt sa nature. Dans le progrès qui tire de la conscience humaine la notion d'un autre monde, il n'hésite pas à donner pour mobile initial la tendance au bonheur. C'est ce que dit cette pensée :

Les phénomènes naturels et la terreur qu'ils inspirent peuvent rendre l'homme superstitieux ; c'est la recherche incessante du bonheur qui le rend religieux.

Nous avions résolu de définir sans citer. Mais ce serait se laisser emporter à la philosophie, et le lecteur aime qu'on cite, parce qu'il trouve lui-même la philosophie dans la forme personnelle et l'accent vivant du moraliste. Il faut donc choisir. Au lieu de prendre, dans chaque ordre d'idées, quelques pensées pour exemple, nous préférons réunir celles qui ont, sur certains objets, une valeur de doctrine. Ce qui suit aura donc la figure d'autant de traités très courts. Et, après hésitation, nous avons résolu de les interrompre quelquefois pour faire des remarques sur ces remarques, parce qu'il faut conserver, en présence du talent même, la liberté de son jugement.

De l'esprit.

L'ennui est une défaillance de l'esprit, l'impuissance de la volonté sur la pensée. Paradoxe : le bon sens s'emparant d'un côté imprévu d'une question, et négligeant tous les autres. Le novateur et le rétrograde sont également butés contre le sens commun ; ils ne se demandent pas si une chose est bonne, mais si elle est nouvelle : ce point suffit à l'un pour l'approuver, à l'autre pour la condamner. Invoquer le bon sens dans une discussion, c'est reconnaître l'impuissance de ses arguments. L'art recherche ce qui attire et charme les yeux ; le goût ce qui ne les choque point et passe inaperçu : l'actrice doit se costumer avec art, la femme du monde s'habiller avec goût.

Cette simple opposition, avec son aimable exemple, rend raison d'un malentendu qui divise en deux l'espèce humaine, du moins chez les civilisés. On voit pourquoi le bon goût est si mauvais juge en art et en poésie, si impuissant à sentir la grandeur, et pourquoi les âmes prosaïques, qui généralement n'ont que trop de goût, sont si dédaigneuses ; les âmes poétiques et les âmes artistes, au contraire, qui font peu d'objections, sont plutôt méprisantes.

L'homme qui écrit une fois par hasard touche à vingt questions étrangères à son sujet. Il profite de l'occasion pour faire valoir sa personnalité, au lieu de s'attacher à faire prévaloir son opinion.

La raison en serait intéressante à démêler. C'est, croyons-nous, que la nouveauté dans un ordre de connaissance ne voit pas tout ce qui y est contenu et erre autour. Ce qui se passe dans les débuts d'un écrivain est visible dans la décrépitude des littératures, où les auteurs, faute d'attention pour beaucoup comprendre, écrivent pour étonner de peu.

Le poète croit nous enivrer de son rêve; il ne fait qu'éveiller le nôtre.

Cette idée neuve et profonde laisse pourtant des doutes. Le lecteur croirait-il sentir comme le poète s'il n'existait entre eux une secrète analogie de souvenirs et une même merveillosité? Au fond les livres ne sont lus que par ceux qui pourraient les écrire (bien entendu s'ils avaient la science et l'art nécessaires). Mais ceux qui ne sont pas de la même humanité que l'auteur ne voient rien dans ses ouvrages.

Les contemporains jugent un livre comme un auteur juge ses œuvres : en s'y recherchant eux-mêmes. Ils s'y plaisent s'ils s'y retrouvent.

Voilà qui modifie fortement la pensée précédente et on ne peut se défendre ici d'apporter un exemple. Les lecteurs de romans et les érudits, deux espèces d'esprits frivoles, s'imaginent les premiers que les auteurs de leur temps dépassent tous ceux qui ont paru, et les autres que la science n'avait pas de consistance avant les nouvelles méthodes. C'est que les romans les plus plats, à chaque époque, parlent aux yeux d'eux-mêmes, et que l'érudition est chaque fois jugée de confiance même par ceux qui l'exercent, sur la parole de quelques spécialistes, retranchés par l'hallucination des textes, du grand courant de la véritable histoire. Tout ce qui est démodé n'existe pas pour le vulgaire, et il n'a pas l'air de se douter que la mode changera. Il est vrai qu'alors il se précipitera pour s'y mettre.

La pensée suivante confirme ces impressions.

Un livre peut réussir par ses défauts; il ne peut survivre que par ses qualités. Il plaît aux contemporains s'il les reflète; il ne plaît à la postérité que s'il reflète l'homme de tous les temps.

Nul de nous, transporté dans un milieu nouveau pour lui, ne résiste à donner son avis sur tout ce qu'il voit. Le provincial à Paris, le Parisien à la campagne, se prononcent sur tout ce qui les étonne, avec d'autant plus de hardiesse que ce qu'ils découvrent leur était plus inconnu. Ils ne s'aperçoivent pas qu'ils donnent par là leur propre mesure.

C'est vrai, mais il n'est pas sûr que, venant du dehors, l'esprit libre des habitudes, ils ne voient pas plus clair que ceux qui, au centre du mouvement, sont éperdus de fatigue et ne comprennent rien à la force qui les entraîne.

Ne consultons jamais un confrère sur notre œuvre ; en regardant la nôtre, c'est à la sienne qu'il pense.

Il n'y a pas que le confrère; il y a tout critique, tout public et tout lecteur que son étroitesse d'esprit réduit au rang de critique. Ils veulent tous voir dans l'œuvre ce qui n'y peut pas être.

Des jugements moraux.

On juge plus sévèrement un homme par ce qu'il dit des autres que par ce que les autres disent de lui.

Nos intérêts décident nos opinions et inspirent notre conduite. L'honnête homme est celui qui ne s'en doute pas.

La misanthropie apparente de cette pensée viens sans doute de sa subtilité. On se dit : C'est déjà très beau de ne pas savoir qu'on juge d'après son égoïsme, et on observe en effet que des âmes tendres, ne pouvant sortir de leur caste ou de leur culture, confondent le bonheur général avec un système de société qui les ferait briller, ou qui rendrait heureux ceux qui leur ressemblent. A moins pourtant que la règle n'ait ses exceptions, et qu'il n'existe des gens dont l'opinion est diamétralement opposée à leurs intérêts. On connaît des maniaques d'égalité qui feraient mieux de garder leurs privilèges, et aussi des admirateurs sincères de toute aristocratie qui n'y figurent qu'à titre de comiques.

Si l'on se jugeait aussi sévèrement qu'on juge les autres, on ne pourrait se supporter soi-même. Être modeste, c'est avoir conscience de ce qui nous manque.

Peut-être aussi de ce qui manque aux autres pour nous comprendre.

Les désenchantements de la vie enseignent l'indulgence et tuent l'enthousiasme.

Nous jugeons plus sévèrement que le monde nos sentiments et moins sévèrement notre conduite parce que seuls nous connaissons nos mobiles et nos tentations.

(Et peut-être parce que nos actions ne sont pas nous. Les situations priment les caractères, et nous n'avons que les vertus qu'on nous fait.)

Il est assez ordinaire de voir un homme se glorifier précisément de ce que le monde lui reproche.

C'est assez naturel aussi parce que ce que le monde lui reproche c'est d'être lui-même et on pas les autres.

Le sentiment qu'on éprouve pour soi-même n'est pas de l'affection, c'est une espèce de dévouement sans borne et sans frein.

Le caractère.

Les combats de la vie sont toujours des luttes contre soi-même. Le pessimisme est un signe d'impuissance. On est pessimiste parce qu'on se sent incapable de dominer la vie.

Non; mais de régir l'Univers. Nous remplirions tous nos devoirs et toutes nos ambitions, que nous ne ferions qu'élever un îlot dans l'océan des misères. Quant à dominer la vie, on le peut, dès qu'on ne se soucie pas d'autrui.

La faiblesse, comme l'ivresse, n'est jamais une excuse; elle est une faute par elle-même, avant de nous en avoir fait commettre une autre. Les caractères faibles sont toujours mécontents d'eux-mêmes et des autres, parce qu'ils passent leur vie à faire ce qu'ils ne veulent pas, et à ne pas faire ce qu'ils voudraient. Les natures rêveuses sont celles à qui la force d'agir fait défaut. Un caractère faible s'obstine tant qu'on lui résiste et s'effraye dès qu'on lui cède. Pour vous délivrer de ses obsessions, accordez-lui ce qu'il demande, il n'osera pas l'exiger. La faiblesse est sujette à la violence; elle n'a pas le courage d'agir sans s'exaspérer. Le monde respecte les vices qui supposent la force et condamne les malheurs qui supposent la faiblesse. La vie se passe à choisir; malheur à qui manque de décision, la vie choisit pour lui. Les regrets et les désirs sont l'apanage stérile de la faiblesse, la force les transformerait en action.

Pour nous, tout édifiés que nous devions être sur l'utilité de la force, nous est-il permis de dire que les caractères forts nous amusent, parce qu'ils font le drame de la vie, mais que nous n'estimons que les faibles ; réfléchissons que la vrai source de ce que les moralistes appellent la faiblesse, c'est le scrupule et la crainte de nuire. Voici d'ailleurs un léger correctif à cet éloge de la force :

Un homme peut devenir dangereux par excès de conscience ; quand il se trompe, son prétendu devoir est implacable. Une mauvaise passion est irrésistible quand elle peut se masquer de l'apparence d'un bon sentiment.

Nous trouvons dans ce qu'on appelle les principes, la force d'éviter la tentation, plus sûrement que celle de lui résister. Les petites tentations sont les plus dangereuses ; on sent moins la honte d'y céder. Une tentation devient dangereuse quand elle se prolonge ; notre âme est enchaînée à un corps qui se lasse, et le temps a prise sur tous nos sentiments. Le temps est l'ennemi du bien (cette formule est magnifique). *Si la vertu est la victoire après le combat, le repentir est le combat qui recommence encore après la défaite. Le remords regrette le repos perdu ; le repentir pleure le devoir méconnu.*

On peut voir que, dans toute cette théorie, l'auteur se place au point de vue de l'agent moral, de ce qu'il gagne ou perd en dignité ou en bonheur à faire ou à ne pas faire. Nous avouons que notre conception est plus extérieure et porte sur le bien ou le mal réellement effectué, ce qui reviendrait à chercher une organisation pour la défense des faibles qui mettrait les forts dans l'impuissance de nuire, les laissant d'ailleurs libres de se faire dans leur conscience, l'idée du bien et du mal qui leur conviendra.

Du bonheur.

Le bonheur a sa source en nous-mêmes ; sans nous, l'univers ne peut nous le donner.

Oui ; mais à condition que nous sachions sortir de nous-mêmes pour contempler l'univers. Mais l'auteur entend par la source qui est en nous-mêmes, cette force, ce ressort intérieur qui imprime à chaque imagination le bon ou mauvais accueil aux événements ou aux personnes.

Réaliser son rêve, c'est perdre son rêve sans trouver le bonheur.

Oui, quand le désir est déraisonnable, mais s'il est sensé, la réalité le justifie. Est-il sans intérêt de faire le voyage, même après avoir lu les *Guides*? Rêver, c'est lire le catalogue; réaliser, c'est entrer dans le musée. Pour une déception, vingt confirmations.

L'auteur reprend : *Le bonheur c'est l'idéal, c'est l'infini. Nous l'entrevoyons dans le vague du rêve, dans la magie du souvenir ou de l'espérance; nous ne pouvons l'enfermer dans la réalité.*

Et nous : En admettant qu'il soit si infini, et on pourrait dire qu'il est quelque chose de très précis, puisque les vies restreintes sont les plus heureuses, ce n'est pas la réalité qui ne peut pas le contenir, c'est la multiplicité des devoirs qui le déborde, et l'immensité des malheurs d'autrui. Ce qui le prouve, ce sont les pensées suivantes :

L'homme cherche le bonheur, et il ne sait pas s'épargner le remords!

Justement le remords ruine le bonheur, mais c'est pour trouver le bonheur qu'on s'est exposé au remords. Le bonheur dépasse-t-il le droit? Peut-on même exercer son droit sans nuire à celui d'autrui? L'équilibre entre les droits ne peut s'établir qu'en cherchant à quelle part de bonheur on doit renoncer, et dans quelle mesure tous peuvent accepter la renonciation de chacun. On dit qu'en Chine, quand deux charretiers se rencontrent, au lieu d'en venir aux injures, ces deux citoyens sages et polis du Céleste Empire se mettent à genoux l'un devant l'autre et, s'étant ainsi rendu propices le ciel et l'adversaire, s'aident réciproquement à dégager leurs voitures. Tout devient facile étant mutuel.

Ne point accepter le sacrifice offert est encore le témoignage le plus apprécié de notre reconnaissance. Ce qu'on appelle une vie heureuse, c'est trop souvent une vie qui traverse les douleurs des autres hommes sans en être altéré et sans les partager.

Se consoler, c'est arracher de son cœur jusqu'au souvenir du bonheur perdu.

Principe de la morale.

Cet auteur, qui tient d'une prise si ferme le lien des idées, ne pouvait manquer de chercher à la morale un principe universel. Il met bien vite la science hors de cause et s'appuie tout de suite à l'inconnu.

La science, dit-il, est une succession d'hypothèses qui changent sans cesse : l'hypothèse d'aujourd'hui raille celle d'hier et sera raillée par celle de demain. Comment la science pourrait-elle être la règle morale de l'humanité ?

Elle ne peut l'être en effet que si on admet que la morale est en évolution. Cela n'est plus contesté des institutions. Il n'est pas aussi sûr que le principe moral, c'est-à-dire le sacrifice de soi à autrui, ne soit pas irréductible. L'une des objections de Schopenhauer contre le matérialisme est qu'on ne peut tirer une morale d'une physique. Pour Schopenhauer et pour nous, faibles à sa suite, le principe de la morale est la Pitié. Mais au lieu que pour ce philosophe, la Pitié est d'ordre métaphysique ; elle réside pour nous dans l'analogie du système nerveux. Pour l'auteur des *Remarques*, c'est à ce qu'il semble une force essentielle à la société humaine qui implique, par sa seule puissance d'organisation, quelque chose de transcendant. Nous l'inférons des pensées suivantes :

Quand vous entendez un homme invoquer la morale naturelle pour battre en brèche la convention sociale, soyez assuré qu'une faute pèse sur sa vie et fausse sa conscience.

Nous voilà prévenus, mais s'il n'y en a qu'une, il lui en reste encore six à commettre pour être le plus juste d'entre nous. Cependant, ne lui ouvrons pas ce crédit, et qu'il se contente de la première qui d'ailleurs a dû lui laisser des remords, selon ce qui est dit plus haut des tentations qui réussissent.

Obéir aux lois, c'est en quelque sorte tenir sa parole.

Sans doute parce qu'on a profité de la protection ou simplement parce qu'en faisant l'effort de vivre, on s'engage à bien vivre, ou encore parce que la loi est censée faite par tout le monde. La pensée un peu enveloppée, a, dans la grandeur, un ton stoïcien qui aurait frappé les jurisconsultes de Rome.

Citons encore :

Les mêmes instincts s'agitent au fond de tous les cœurs. Ce qui distingue les hommes, c'est la valeur relative que prennent dans chacun d'eux des instincts identiques. L'enseignement de l'exemple est le seul qui entraîne parce que l'exemple c'est la vie. Les vices d'autrui sont les flatteurs des nôtres.

Sans qu'aucune doctrine soit proclamée en ces pages élégantes, et comme si le tact de l'écrivain, en une littérature ouverte à tous, l'avait détourné de paraître imposer aucune croyance, on peut dire que l'orientation de sa pensée est religieuse, et qu'il se fait de la vie une idée chrétienne. Entendons par là qu'il rattache la morale à un principe qui gouvernerait l'ensemble des phénomènes et qu'il voit dans la morale un perfectionnement individuel plutôt qu'une résultante du mouvement des sociétés.

N'existe-t-il donc de morale qu'individuelle? N'admettrait-on pas que la règle des droits et des devoirs soit aussi le concert des nécessités d'action et de patience que marque l'heure des diverses humanités, vaste soleil qui parcourt sur des lignes que suit l'œil de l'histoire, l'orbe de la vie collective?

N'est-il pas surprenant que les dominants systèmes qui ont, l'un après l'autre, exprimé nos conceptions de l'univers, n'aient pas donné ce que nous appelons réellement une morale, c'est-à-dire l'accord de nos actes avec des lois vérifiables et des commandements acceptables? Des règlements d'excellente police, oui : Ne pas tuer, et encore, il paraît que cette défense ne s'étend ni à la guerre ni à la justice. Ne pas ravir le bien d'autrui, à la bonne heure, à moins qu'il ne s'épuise pour nous, et mesurons-nous bien ses forces? Que dire de questions plus délicates, où les responsabilités seraient sans doute plus sévères, si les femmes avaient fait les lois?

Ou bien nous avons de très fines analyses des vices, la clinique de l'orgueil, envie, avarice, et autres tendances trop personnelles, dont apparemment détourne mal le spectacle de leur laideur, car justement ceux qui s'y adonnent disent qu'elles sont indispensables à la grâce du monde, et à la perfection des arts d'agrément, y compris l'industrie et la politique. On veut laisser là les vices, se confier à un idéal actif, et alors les anciens sages, artistes en conduite, nous ont peint dans les voussures d'un ciel allégorique, la Force, la Justice, la Prudence et la Tempérance. Mais tantôt ces nobles images nous montrent ce qu'il faut faire ; et tantôt c'est le contraire qui serait la vraie méthode. Car n'y a-t-il pas temps pour agir et temps pour s'abstenir? Serait-ce donc abuser des espérances humaines que de chercher plutôt des idéalités difficilement réalisables mais absolues, des limites, dont on tenterait de s'approcher sans les atteindre, par exemple l'Impassibilité, le Renoncement, la Tolérance, le Silence? On n'arrivera jamais à les pratiquer complètes, mais plus on en réalisera, moins on fera de sottises.

L'art de la morale, comme tous les arts, atteint d'un élan son apogée. Apogée, non d'évolution, mais d'intensité spontanée et prefection d'accent. C'est là le génie qui dessine, dans des cadres si divers, et sur des matières si différentes de résistance ou de souplesse, ces idéales figures, la Vertu, la Sagesse, l'Héroïsme et la Sainteté. Miracles de noblesse individuelle, qui ne prouvent rien pour l'état ordinaire du genre humain.

La science se construit tout autrement. Elle est évolutive lente, graduelle, tenace et constamment découragée, impuissante à son gré, ramenée à l'espoir, armée en marche traînant ses blessés et ses morts, perpétuellement divisée en ses deux puissances, le plan sorti de la tête de Pallas, et les innombrables efforts qui doivent le réaliser. Là est la contradiction : la base de la science, c'est le spectacle des mœurs, son but, c'est la règle des mœurs. Se dégage-t-il empiriquement, de la pratique des hommes à chaque âge de l'histoire, une direction qui permette de croire qu'ils deviennent moins sots et moins méchants?

Sans doute, les espèces animales connaissent la pitié, le dévouement, la reconnaissance. Elles appliquent la justice répressive, qui traîne le poids de la vengeance, et la justice répartitive, qui donne à chacun selon ses efforts, mais plutôt selon ses besoins. Les hirondelles qui volent en tournoyant et se lamentent autour de l'hirondelle captive, implorant le secours de l'homme; les abeilles qui dispensent le travail, l'ordre, l'économie et la paix, tous ces êtres, cités dans Pline et dans Arrien, qui étonnèrent de leur sens humain la philosophie antique, suivaient le principe de réciprocité, et sans se demander peut-être si ce devoir est inné ou acquis, ou, comme nous dirions, si l'immanence est le voile de la transcendance, ils sont allés même au delà, traitant autrui non comme ils voulaient être traités eux-mêmes, mais comme autrui aurait voulu l'être.

Dans les siècles obscurs où s'élabora, prit ses caractères, la lente humanité primitive, destinée à tant de traverses, chacun pour soi et pour les siens (quand il s'aperçût qu'il en avait), engagea le combat de la vie; et tous les égoïsmes qui s'étalent de nos jours sous des formes que nous trouvons naïves, présentaient alors le sérieux et la grandeur des œuvres de la nécessité. Pourtant la loi du combat même, la convention militaire, fiction sacrée, au delà de laquelle il n'y a pas de recours, imposait la parité des services et la mémoire des bienfaits. Même avant qu'il se fût acquis la parole, le Dryanthrops respecta dans son congénère les traits, progressivement expressifs, de la future figure humaine. Alors la Pitié, dans les cavernes, étanchait le sang des blessures. Des syllabes mystérieuses conjuraient les incompréhensibles maladies. Pour que la vie tumultueuse des premières humanités se fixât sous des habitudes protectrices des pénibles travaux, ne fallait-il pas que les Ignorances, les Terreurs de l'Homme devant la nature, fissent sortir des êtres qui l'entourent, autant de puissances qu'on pût attester? L'arbre sacré parlait, comme les esprits des Morts. Les dogmes qui ont agité l'histoire se sont évaporés; les premières religions sont les plus durables, et renouvellent à travers la mêlée des idées positives, les appels à l'inconnu, les évocations, les oracles, les expiations, les incantations, les présages.

Cependant, par la suite des Œuvres et des Jours, des formes humaines grandies à de hautes proportions de force et de beauté, tenaient des assemblées célestes, où les passions de l'âge héroïque laissaient entrevoir la bonté. Elles président aux engagements, elles veillent sur la maison hospitalière, elles ouvrent asile à l'accusé; elles intercèdent pour l'esclave, on les a vues en habits de mendiants.

Le poète aveugle est sur les routes, il s'appuie au bouclier magique, où sont gravées d'un ciseau divin les scènes de la vie, les champs, les villes, les arts, les guerres, les dieux et leurs métamorphoses.

Dans les cités naissantes, des hommes divins paraissent. Ils font des œuvres singulières, qui tiennent encore des secrets de la nature, et qui déjà réclament la pleine clarté du raisonnement des hommes; ils ont apaisé des pestes et réconcilié des villes; ils ont gardé cinq ans le silence, ils sont montés à la crète des volcans; et on sait que certains d'entre eux ont déposé dans les temples un exemplaire, l'unique, d'un livre très court, où est rassemblé ce qu'ils ont pu connaître des dieux, du monde, et des questions sociales. Le législateur est un personnage redoutable; il écrit quelquefois en lettres de sang; et quand il s'apaise, il garde encore assez de tristesse pour définir ses lois tolérantes : les meilleures que vous puissiez supporter.

Le moraliste s'appelle alors un sage, et de sa longue vie il extrait, comme fruits sublimes, ces maximes frappantes, qui déconcertent par leur profondeur, ou qui déroutent par leur enfantillage, enseignement double et décevant, qui porte la prudence jusqu'à la lâcheté, ou le désintéressement jusqu'au mépris. Mais comme enfin la littérature est née, puissance incompressible, magistrature flottante dont l'investiture est donnée par le génie, les théories s'élèvent, et par proportions arbitraires, trois éléments, le train courant du monde, les lois civiles et religieuses et les principes abstraits, s'amalgament pour composer cette curieuse branche des connaissances humaines qu'on appelle la morale, dans les écrits des philosophes.

Ainsi que des êtres vivants, d'une essentielle existence, éclatent ces abstractions, le Vrai, le Beau, le Bien et l'Utile avec l'Honnête et l'Intérêt bien entendu, et le Bonheur absolu du Sage, qui n'est pas un homme apparemment, et la loi infaillible de la conscience, toujours d'accord avec la Raison, à moins que ce ne soit avec la Nature. Divinités d'école, on leur offre des phrases, comme aux dieux des victimes humaines.

Le loisir les a fait naître, la civilisation les raffine, la tristesse des institutions décroissantes les assombrit. La force a abandonné les lois, les races se sont épuisées, éteintes les républiques qui dominaient les mers, avilis les Sénats qui traçaient leur route aux armées. L'administration exacte et le bon ordre, et d'inextricables règlements, qui font vivre en paix apparente les grandes collections d'hommes, laissent l'individu seul avec sa pensée. Alors s'élèvent les voix universelles des Religions terrifiantes et des Philosophies désespérées. Les peuples actifs se tourmentent, espérant fléchir par le sacrifice ou par une contrainte de tous les instants, des puissances vengeresses ; et les âmes contemplatives pénètrent jusqu'au Malheur comme à l'explication métaphysique du monde, dont l'Intelligence est la forme éphémère.

Les barbaries peuvent revenir, et les excès de jeunesse des races nouvelles ramener la dramatique histoire, et dans les Renaissances, les Sciences, les Lettres et les Arts sortir de leurs monuments des flambeaux à la main, les Doctrines renaîtront, chaque fois s'élargissant, armées de méthodes plus sûres, appuyées de faits plus nombreux. On ne peut plus douter que la règle des Mœurs et des Actes ne soit inséparable de l'état mouvant des sociétés, l'une et l'autre subordonnée à l'idée qu'on se fait de l'Univers. Non plus idée obscure, enfermée dans les images plastiques de volontés supérieures, ni étendue à l'insaisissable limite de l'Être, mais logiquement disséminée et suivie dans les rapports des phénomènes entre eux. La conscience du bien et du mal, ayant épuisé l'observation intérieure, arrive à la rencontre de la Science des formes et des mouvements de la vie ; la Physiologie explique ce que la Psychologie a constaté. Confrontation solennelle, intructive pour tout le monde, merveilleuse école de modestie et de tolérance.

Si à l'exemple des sciences physiques (et pourquoi ne serait-il pas suivi?), la science de la morale doit aussi et de nos jours, se constituer, des ouvrages d'une belle lumière, tels que ce livre de Remarques et Pensées, dont nous avons donné une imparfaite idée, y auront pris une part importante. Dans le vaste édifice, labyrinthe, palais, peut-être temple, que l'espérance humaine élève à la Règle idéale de la vie, ce ne sont pas des matériaux, mais plutôt des pièces hautes, galeries pour la conversation, tribunes pour le regard, murs gravés de dessins précis, traversés de fresques légères, œuvres d'art, autant que de science, où l'inspiration fut sincère, l'œil pénétrant, la main fidèle.

Jacques de BOISJOSLIN.

ANGERS, IMP. BURDIN ET Cie, 4, RUE GARNIER.

www.ingramcontent.com/pod-product-compliance
Lightning Source LLC
LaVergne TN
LVHW011505170726
843501LV00009B/3616

* 9 7 8 2 3 2 9 6 2 2 0 6 4 *